歌集
鳥の声

中根誠

角川書店

鳥の声＊目次

I　天気図の雲

留鳥たち　11
令和のみどり　15
悪評　21
合はせ味噌　27
鳥の足音　34
絆　39
蜘蛛の巣　43
新しい朝　49
手枕　53
足りないマスク　57
プレート静か　63
師走本降り　71
天気図の雲　80

ムシクヒ 86
霞ヶ浦 91
検閲者 97

Ⅱ 桃太郎の川

秘薬 107
紫蘇ジュース 113
陥落 121
北浦 126
三月のヒバリ 136
桃太郎の川 142
朝のなめくぢ 151
夢に苦しむ 156
歯ブラシ交換デー 162
国は変らず 167

七日の粥 171
マスクのひも 177
逆走の人 184
文房具 188
赤いベスト 194

Ⅲ 鳥の声

鳥の声 201
顔力 206
キングサリ 211
若き雄 216
ツツドリ 223
換羽期 228
自宅案内 233
乳様突起 238

団栗 245
親指・小指 249
同い年 255
ミミズは多産 260
熊が立つ 265
夜鳴き狐 272
新しき女性 278
橋の音 282
セキレイの尾 288

あとがき 294

装幀　花山周子

歌集　鳥の声

中根　誠

鳥たちの旋律曲線、とりわけつぐみのそれは、その独創性fantaisieにおいて人間の想像をはるかに越える。

オリヴィエ・メシアン『音楽言語の技法』（細野孝興訳）

Ⅰ　天気図の雲

留鳥たち

荒海は歌手を育てず川上の枯芦原にカモの声澄む

はるかなる越冬地からの誘惑にふるへる鳥か
十月の森

秋たけて実のあらはなる梅檀に己の名をば知
らぬ鳥来る

里山の櫟（くぬぎ）はすでに葉を落とし留鳥たちは声を
失ふ

ハイタカかノスリか知らず秋の野に降り立つ
影の歩み始めつ

秋、川は見捨てられたり上流へバンのみ動く
わが足音に

ハンプシャーの自然を綴り残したる牧師ギルバト・ホワイトを愛す

『セルボーン博物誌』

令和のみどり

北浦はいま秋の湖（うみ）旅人を北より入れて南へ送る

海に意思のあるといふ説海岸に打ちあげられ
た流木、破船

大玉の西瓜一個を削ぎおとし削ぎおとしつつ
夏を苦しむ

人を刺す感覚いまだ知らざれど冬瓜を割る暮らしの中に

自販機の下に散らばる小銭などなけれどなほも噺家は言ふ

古代エジプト寺院にありし聖水の出づる自販
機いかなるものか

したたかにその身をば打ち自販機の底に気絶
の缶コーヒー取る

自販機のボトルを補充する人の手に銭を置き
麦茶をもらふ

五月からはじまる令和元年のたちまちに過ぎ
冬のかみなり

朽木より育つみどりの芽にあらず強き接ぎ木
の令和のみどり

悪評

このあたりまでは「おはやう」、町内のこの
先「ございます」を付け足す

早朝のポストの口に触れてきてまだ橋にゐる
猫にも触れつ

塀に沿ひ今朝も草をば抜くひとはカネさん音
なきこの世にひとり

仲良しの嫁さん同士老いたれば車椅子にてた
だすれ違ふ

髭を落とす味噌屋分店の三代目計画倒産目論
むうはさ

魚屋と洋品店に挟まれていやに元気なパチンコ屋だつた

宇宙センターといふパチンコ屋この秋に閉店するも出る玉の音

悪評は素早く走り町内を巡り巡ればわが家で
止むか

秋の花やうやくに萎え冬の花咲くまで二十日
亡妻（つま）と語らず

妻の死ののちに両目を手術して目先明るくなつたと言ふか

妻をらぬわが生活の匂ひかと玄関に入りしばし突つ立つ

合はせ味噌

豆腐屋の前を素通りしただけで少し惚けたと
いふ噂たつ

意味と調べの推敲経たる文学的振り込め詐欺
の電話だつたか

振り込め詐欺に乗りたるごとくいそいそと運
転免許返納のひと

枇杷の実を冷やしてやまぬけふの雨蜂のむくろも冷やしつつ降る

とんとんとすすめばとんととどこほる大根千切り包丁の音

茗荷刻むきのふは細くけふ粗く気分のままに
生きていいのか

合はせ味噌といふわざあれば試みて仙台黙り
信州気負ふ

クリスマスを一人で過ぐす高齢者の四百万や
イギリスのこと
文学がもてあましたる人間の孤独を政治が解
決するか

一日のタバコで言へば十五本ほどの害とか人
の孤独は

竹林に枯れてなびかぬ一本の苦しむ音ぞ風の
去るまで

死に臨み言ひ残すこと浮かびこぬ時はいかなる表情をせむ

鳥の足音

夏桑の葉を打つ雨の激しさに首を垂れたるハ
シブトガラス

庭に来る鳥去るなかれチチチチと舌打ち呼べばわづかもつるる

屋根を歩くといふより蹴るといふ感じ野鳥の足が眠りを蹴るも

チューリップ埋むる土に敷く枯葉鳥が歩けば
鳥の足音

球根を埋めたるひと逝きたれば誰のためでも
なく開く花

少女ふたり喉ふるはせて、青春の風は友だち
落葉は仲間

里山のすそを巡れる道の雪踏みつつ蒼き夕べ
となりぬ

気動車のガウと過ぎたり雪山と雪山つなぐ鉄
橋も雪

空に星地に雪積もるこの宵や軋ませながら雨
戸を引きぬ

絆

絆といふことばがあつた人々が縋らうとした
ことばであつた

原発の半径三十キロ圏の九十六万その一人われは

東海村字村松の松原に虚空蔵（こくぞう）尊は立つ原発を背に

原研の土地ともなればそれを借り豊岡向渚(むかうなぎさ)
墓地あり

自然をば考へ尽くすのではなく発信さるるも
の感じ取れ

玉手箱のやうに小さい原子炉に国の自立の鍵
があるのか

原子力の平和利用に傾ける時代に生きてハイ
デガーの異議

蜘蛛の巣

内宿に続く古宿なる通りダンプ追つかけゆく
土煙

爪立ちにカマキリの卵鞘（たまご）舐めながら古猫の赤
き舌先も冬

リンゴ二個とピーマン数個のやり取りぞ幼な
じみと生き残りたり

わが祖母の名はちやうと言ひお嬢さんと呼ばれ死ぬまで苦しみたりき

蜘蛛の巣の崩れ垂れゐる部屋の隅妻の居らざる時間(とき)の重さに

竹箒手荒く作り安く売るあざわざわと年暮るる町

節(ふし)を持つゆゑ高々と伸ぶる竹長塚節は父の命名

町内に波風を立て生きたりし昭和の男勝夫と
征二

道を背に家を建てたる車屋の五代目太郎にこ
にこと来る

船頭の留五郎殴り殺されし髪結ひ床の跡の地

蔵堂

新しい朝

新しい朝だ希望の朝となるラジオ体操寝床に
聞けば

ラジオ体操今朝のリーダー黒柳徹子の声に似て弾みたり

なにかしら戦意かきたつるごとき声つひに寝床に起き上がりたり

強く強くそのあと弱く弱く振るこの両腕はものを思はず

手に呼べば遠くから走りくる店員入歯洗浄剤はどこです

回覧板持ちて隣へゆくときも国よりもらふマスクをかけて

人の距離を限りスーパーの床に貼るテープを踏まずここをば越えず

手枕

いささかも死相を見せぬ釈迦牟尼の手枕とする右手の細さ

手枕のわれに向き合ひ眠る猫枕いらずの寝相よろしき

撃たれたるのち仰向けかうつ伏せになりて死ぬのが戦場の常

十字架を下ろされしのちかの人はいかなる向きに葬られたる

二〇一四年八月に厚労省の派遣団が東シベリアのザバイカル地方で収集した十六の遺骨中十四の遺骨が日本人のものではなかった、とＮＨＫは二〇一九年七月に報じた。遺骨は返還されていない。

シベリアの人らの骨は日本の令和二年の春を越したり

こいつはロシア人だつたかと不機嫌に骨を投げ出す日本人をるな

野ざらしの父の骨など想ふことあれば広州かの地親しき

足りないマスク

無分別と情欲に満つるタイサンボク、ヘッセ
言ひたるその花仰ぐ

木鍬もスコップも錆びてゐたりけり芽の出る
前に掘るハナミヅキ

薄れ日のテラスにひとりをるときのゼラニウ
ムこそ夢の残り火

ハジカミの黄の花房の垂れ始めヤマガラが雌
呼ぶ声透る

天国の小庭のごとくあれかしと思へどさびし
マーガレットは

君子蘭の朱色輝く室内に二日籠れば三日目の雨

疫病を防ぐと藁の鹿島様けふはタオルのマスクに立てり

夕暮れの静かなる雨聞きながら孤食の迷ひ箸さぐり箸

菜の花の蜜吸ふ虻の羽音聞かむマスクをかける耳近づけて

マスクマスク足りないマスク後ろから奪はれ
さうな不織布マスク

プレート静か

土手下にかの日湧きたる真清水のかたちのままに十年を澄む

池の揺れ跳ねたる鮒を一息に呑みたる猫の孫のこの三毛

米屋ほか味噌屋呉服屋塩屋まで軒端崩れて鼠も去りぬ

六畳の傾く部屋に共寝せる妻ありき今も傾ける部屋

足の爪を切らむと今日の新聞を広ぐる時のプレート静か

利根川の泥をも喰らひ生きのびたうなぎ焼かれて四千円ぞ

釣られたる野鯉の開く大口を出づる声なし釣りは嫌ひだ

蟷螂をのみたるあとのさびしさか武蔵の枯木(こぼく)
鳴鵙図(めいげきづ)これ

ばうばうとあの世へ鳥の放つ声沈み沈まず夕
暮るるかな

胡桃立つ冬の水辺に寄る鳥のけふ落としたる
羽根を惜しむか

夕ガラスそのだみ声の通りゆく高さにいまだ
消え残る雲

身を寄する親子狸かわが家のセンサーライト
浴びて動かず

寒気をば滑りきたれるキジバトが車道に降り
て歩道へ急ぐ

川沿ひに来て山に沿ひ戻らむかトビの見下ろ
すあたりのわが家

師走本降り

七十代とおぼしき妻が夢に出で廊下に転ぶ久方ぶりに

二十代の妻の姿を一向に夢に見ざるは何ごとならむ

春山に枯木は立てりその枝をしばらく杖にすれば頼もし

ワシの棲む筑波の山を登りゆく男と犬ぞ荒々しかる

ギリシャより運ばれきたるその聖火川の向かうに狐火となる

秋のベンチに置かるる籠にきよろきよろと犬
だか猫だかわからない首

わが町の銀座の茶房消えたれば隣の店の肉が
どぎつい

大岩のやうな白雲わが家に落ちかからむとして音もなし

鶏頭の花太りゆく十月や不妊治療が政策となる

学術と政治が土俵に上がりたりはつけよいや
の行司はをらず

揉み合へる学者政治家明らかに喧嘩となれば
政治家有利

スタンドの明かりに夜を切り開き『蕉門名家句選』楽しむ

使ひ捨てのペンとはいへど青インク清しく遺言状の下書き

三年の月日は響きつつ去りぬ星くづの妻地虫のわれや

後姿(うしろで)の似るといふこと切なくて銀杏落葉の道に追ひ越さず

妻逝けば死亡保険の受取人息子にかへむ師走

本降り

天気図の雲

足に蹴り手に打ち柚子と遊ぶ風呂思はぬ声の
出づるよこの身

生垣の外の畑は生ごみを埋むるところ野良猫寝るところ

心の杖などあるものかスニーカーのこの足橋を渡りきりたり

新型コロナウイルス早くも変異してゆつくり変異する娘（こ）も孫も

天気図の北関東にかかる雲いかにと庭に出でて仰ぐも

小学校の校訓われを育てしや手すりにすがり
石段上る

息切れする殺虫スプレー浴びせられ死なずに
すんだ冬のゴキブリ

十二月の苺をふくむこの口も痩せたりツグミ
が南天つつく

生協の千品目の中に選る岩手のわかめ宮崎の
ねぎ

猛禽のごとき幼児の叫び声ときをりあがるファミレスは密林(もり)

ムシクヒ

春の大気に煽られ煽られ上りゆき上りきれず
に苛立つヒバリ

ムシクヒの歌のはじめのしやがれ声原始の音
をまづ吐き出すか

六月のたそがれどきの甘美さに波なして飛ぶ
ハクセキレイは

爬虫類の声を残して飛ぶ鳥の影はすばやし波
打ち際に

猟銃と剝製箱を手放せるジャック・ドラマン
鳥を見つめき

ジャック・ドラマン『鳥はなぜ歌う』

日韓辞書持たず過ぎたる歳月のわれには遠き
国のままにて

日韓歴史共同研究深まれば二国いよいよ隔た
るらむか

眠られぬ夜に韓国放送を耳に流して親しハングル

左手を触るれば音の澄むラジオ枕のそばに眠らぬラジオ

霞ヶ浦

うみなかの死闘を想ふ風下に白く無数の牙なせる波

みづうみに身を透かせども公魚を襲ふブラッ
クバス、ブルーギル

煙立つ向かう牛渡（うしわた）この入り江馬渡（まわたし）といふ名を
かなしまむ

鰻屋の二階にひとり酒を呑み霞ヶ浦を渡る神見る

みづうみを覆ひきれざる黒雲の片寄れば西に立つ筑波山

山頂の岩に立ちたりひむがしの霞ヶ浦にわれは映らむ

夏近き筑波の山を吹き上がる風に散らばる西空のワシ

山に登るはひとりに限ると思へども下りとなればさびしきものを

ヒマラヤに海の記憶があるやうに筑波嶺に見る波のかたちよ

筑波山の嬥歌の雨に濡れながら踊る高橋虫麻呂の影

筑波山に腰を下せるダイダラボフ霞ヶ浦に足洗ひけり

検閲者

昭和二十一年の日本人検閲者八六〇〇その名
カタカナ

メリケンの正体見むと検閲者甲斐弦の覚悟に
消されたる歌

アメリカの犬ともならむ妻子のため開き直り
し甲斐の検閲

検閲者リストに残る日本人キノシタ・ジュンジは特定されつ

検閲者採用試問に応じたる若き吉村昭落ちたり

第一区のゲラ刷の提出先は放送会館六階の検閲局。

麹町の放送会館六階に行きたる人よその歌残れ

国粋主義軍国主義と断定し削除（DELETE）の印荒く押したり

「日本短歌」の表紙に残る発行禁止（issue killed）カミソリ
の傷かその筆記体

「敵機」をば「米機」に変更せよといふ
民間検閲局（CCD）の指示あり　従ふ

マッカーサー讃ふる田中常憲の十二首すべて
削除されたり

川田順の歌は四句目まで削除残る結句の「片
待ちけらし」あはれ

未亡人への愛を匂はす無法松のシーンは削除
警保局により

「無法松の一生」の提灯行列をデモと断定せし
CCD

新コロナ恐れず開く歌会に「違反」「削除」
といふ評語なし

再びを言論弾圧ある時は沈黙するか歌人A、
B

Ⅱ　桃太郎の川

秘薬

週刊誌の広告も読み手応へのある朝刊といふ
思ひ湧く

横断歩道の五本目の線踏むときに車に当たり
たる町の長

くちなしの花の白さが目に残るブロック塀の
すき間三菱

芸のなきワクチン接種の映像を幾たび見なば
わが番は来る

ワクチンの注射に何の反応もせぬ身を酔はす
千円ワイン

不老不死の秘薬のごとくワクチンを身に受け
入れてうつとりとせり

少しづつマスクずれゆきあらはるる鼻毛太し
も話をやめよ

飼猫のいづれも犬猫病院に診せず逝かせて病名知らず

ふいに来てわが家の猫の系統をからくも継ぎしチャトラン、ミラボー

シマウマの子を追ひつむるチーターのそのスピードにわれは乗りゆく

紫蘇ジュース

ナツアカネ、アキアカネらの混じりつつ飛ぶ
か曇れる常陸野の空

予報士の言ふほどの雨降らず去り畑の韮は種子を散らしぬ

わたくしはひとりで暮らす反抗の意志持つといふ柏葉枯れて

わが庭の落葉松の葉のつく布団取り込む隣の声が届きぬ

金木犀返り咲きする十月の誰かと同じわが誕生日

月の夜となれどやさしくなれぬわれにいま叩
かるるゴキブリあはれ

秋畑に立ち残りたるモロヘイヤいまは倒さむ
鉈を打ち込む

ウェルカム、ウサギは倒れたるままに霜の花
壇の煉瓦は沈む

レモンしぼればくれなゐに澄む紫蘇ジュース
飲みきるまでの命よ燃えよ

川中の杭をばつかみ身じろがぬゴヰサギの聞く風われも聞く

火を放たば燎原の火となりゆかむ捨て田に葦の枯れ果てにけり

ムクドリの足首冷えて軽からずそのなきがら
を土に隠しつ

朝の庭を飛び立つ羽音キジバトの雀にはなき
重量感や

大根や白菜なども食べ飽きた三月末の二日ほど雪

陥落

南京の陥落祝ひたる日本老いたりマリウポリを悲しむ

「陥落」にこもる歓喜と絶望と　上海、シンガポール、マリウポリ

応戦のやがて止みぬとある父の日記の「敵」は上海の兵

ウクライナの民を強制連行す二〇二二年のロシア

七十歳（ななじふ）の空穂よ二男茂二郎チェレンホーボにて抑留死

一九四六年二月シベリア

スポーツへ昇華しきれずむき出しの戦意あり
たりオリンピックに

殺す意思殺す思想を育める国益といふ臭き土
壌よ

コマドリのやがてさへづる朝は来むキーウ郊
外雪は降りつつ

露軍戦車の乱したれどもウクライナの土に咲
くべし向日葵の花

北浦

若者の声なら届く向かう岸夜の祭りに誘へる

声

北浦は霞ヶ浦に添へる湖（うみ）ともに流れて利根川に入る

江戸の風吹いてゐたころ細長き北浦六里三十の河岸

北浦を渡る舟銭六十文一茶の句には残らざる
湖（うみ）

首太く羽をたためるゴヰサギの目覚めの声と
ともに飛び立つ

大地震（おほなゐ）に崩れし橋の幻か新大橋の影揺れ止まず

涸沼（ひぬま）

あさがたの小舟に立ちて蜆採る千年前の男の背中

枯葦をことしの葦が覆ふころ汽水湖べりの風は艶めく

船溜まりに立ちたる十本ほどの棒八本に見ゆる堤に休む

ヨシキリの声ぎしぎしと打ち合へる涸沼湿原
舟に分け入る

里川

鳥の声葉擦れ波音吹く風のこもるや古楽歌詞
はいらない

冬から春へ数を減らせる里川のバン葦原の蔭
に出で入る

里川に鰐のかたちの岩がありそこに亀らのと
きをり動く

一反歩ほどの放棄田埋めつくし楊柳（かはやなぎ）低く花粉を散らす

里川を逸れて踏み入る里山にチヤウゲンバウは枯杉の上

鹿島灘

水戸藩の海防策の砲台場今に残れば野兎が跳ぶ

米軍の鹿島上陸に備へたる橋部隊の岡野弘彦

鹿島灘にけふ向きをればはつなつの浜に広ごる波の感情

こらへこらへて波と砕けぬうねりより飛び立つカモメ三つの飛礫(つぶて)

三月のヒバリ

米軍の上陸したる沖縄の惨想ふべしマリウポリ陥落(お)つ

侵攻の歴史をば知り大日本帝国もやるぢやな
いかと思ふな

核保有核共有に短絡する論の高まる令和四年
か

核持たず外交力のこれもなき国なれ平和憲法がある

ウクライナへの露国の侵攻映像を見ればはるかな南京陥落

八十五年前の上海侵攻を知らざるわれらキーウを憂ふ

「ベン・ハー」の走る戦車の迫力は露軍戦車のT－14を凌ぐ

上海陥落万々歳とうたひたる東海林太郎の声を今聞く

非正規軍どの戦にもあるものか非正規雇用とも違ふ軍

冬の夜はさびしきものと「アンダンテ・カンタービレ」を聞くかプーチン

チャイコフスキー「四季」三月のヒバリの歌
ロシア兵士はどこで聴いたか

桃太郎の川

桃太郎の絵本の川に指を置き津波の嵩を爺は
伝へむ

一寸法師の椀漕ぐ川をさかのぼる津波の音を
生む爺の喉

水は清きふるさととうたふその人の川は今な
ほ流れて澄むや

里川の枯葦を出でためらはずコガモはバンの
群れに交じらふ

十年後の二月十三日の夜震度六強の余震は来
たり

ひつそりと流るる葦に添ひながらあぢさゐ橋のあたり小暗し

秋の月を飽くまで見たることのなし八十年を生きてもさうか

蜘蛛の網を額に破り朝畑の茄子採る欲を見せず近づく

クレソンを鷲掴みして抜きとれば根を滴れるこの夏の水

すずめのみ鳴かずに庭に跳ねてをり賢き鳥は
日本を去るか

見せかけの防犯カメラ軒先に据うればヒヨが
来て目を瞑る

川沿ひの闇に沈める家の跡何に乱るる蛍か光る

夏の日の荒れをさまらず影黒く羽をたたみて飛ぶ鳥を見る

ゼレンスキーが喜劇役者に戻るまで耐ふる時
間をわれは祈らむ

ウクライナの夜は明けつつあるころか今宵も
思ひ眠剤を飲む

猫の寝顔のやうな平和が来ぬものか戦争解説
者今日も饒舌

朝のなめくぢ

小松菜の花咲きかき菜春菊の花も続きぬ食べ
残されて

ひとにぎりの韮を刈りつつ夏となる韮はから
だのどこに効くのか

マダラ蝶もつれあひつつ不確かな軌跡に恋の
ことわりあらむ

割箸になめくぢ挟みとりあへず庭に投げたる
のちの割箸

古畳這ひたる跡が切れ切れに光るも朝のなめ
くぢをらず

動きつつ糞をするのがクマネズミばらばらと
散るからすぐわかる

生ごみ入れを秋の畑に運ぶときこの身ぴよこ
たんぴよこたたん踊る

人の足の小指が退化するらしいそのつつまし
き爪をちよん切る

夢に苦しむ

ゴーヤ裂き未熟の種子をしごきとる老いたる
指の爪の桃色

みそ汁は茗荷に限るとんとんと刻みて秋へこの身は細る

荏胡麻（えごま）味噌八丁葱味噌あればたる足るお粥のうまくなる今朝の秋

長明の方丈に厨ありたるや蕪を刻む音たちたるや

稲荷屋の三合徳利出できたり呑兵衛利助五代前の祖

蜘蛛の巣の顔にかかれる感じにてすきま風立つキッチンあたり

ビニール傘を杖とし使ふ安らぎに百足が過る突くか逃すか

ソファーこそヌードがよけれ向日葵のカバーを外し籠る霜月

ベッドわきの卓に静もる湿布薬眠剤スマホコップの井戸水

寝室より秋に追放したるもの猫に日本酒、週刊文春

間に合はぬ追ひつかぬ、また迷ひこむ眠り切れ切れ夢に苦しむ

歯ブラシ交換デー

暦には歯ブラシ交換デーとあり入歯を磨き深く思はず

長袖のＴシャツを着る十月の天ぷら粉の日法
の日けふは

外水道の蛇口より水飲むときは畑のしごと大
豆刈りたり

オンラインの研究会に顔を出すその背景を古カフェにして

農薬を撒くドローンが次の日に弾丸撒きにくる予感あり

三日月湖に小鮒を釣りし三歳のよろこび父の
死を超えたりき

カラスウリの朱実をむしりとる五指の食虫植
物のごとく閉づるも

乳牛が立ち上がるとき蠅たちはいつものやうに驚くふりす

やつがれと貴兄いづれが気楽かと日がな寝そべる乳牛に聞く

国は変らず

朝五時と六時のニュース同じにてその間およそ国は変らず

「映像の世紀」を見ればかたくなる首に触れたり蝶ならぬ蛾は

駅カフェに客が手荒くたたみたる朝刊残る露の文字浮きて

学徒出陣ロシアにもある気配なり女子学生の
見送りあるか

住民投票といふ民主主義押し立つるロシアの
一網打尽の策は

疫病と地震と戦あるこの世戦だけでも避けられないか

歯科医院の玄関先にたたまれて車椅子あり誰も乗らない

七日の粥

土の鍋に炊きたる粥のぶつぶつと鎮まりがたき音をば掬ふ

芹なづななければ庭の湧水のクレソン放つ七
日の粥に

目に追へど心ひかるる雲ならずがんがんがん
とヒシクヒの声

土竜の土詰めたる鉢にこの冬もシャコバサボテン花開きたり

霞ヶ浦の波を焼きつつ冬の陽の沈みたるのち鳥が渡るを

新年の魚籠(びく)にくらぐら絡みあひ洩らすうなぎの声を聴く耳

姫沙羅のかたき五裂の殻残り枝ことごとく芽吹く兆しぞ

石蹴りの石はガラスであつたのか爪先濡れて
ゐたズック靴

縄ひもをひらひらひら回しそのからだ地に弾きつ
つをりたり孤児は

縄跳びの波に飛びこむ二十人見せる遊びをテレビは映す

マスクのひも

地震への備へあるやと問はれなば死ぬる覚悟
と言ふほかはなし

火事多しことに独居の老人の「連絡のとれない人」として死す

縁側のありたるかの世足を干し座布団を干し猫も干したり

五月には八十歳の武者人形その太刀銃に代へ
なばいかに

つれあひの位牌の前に置く花の長命短命切ら
れたるのち

妻の服あらかた捨てて四年ほど経たればまたも選り捨てにけり

玉葱を半分残したるままに半月ほどを何してゐたか

雪残る庭の空気を抑へつつカラス降り立つ警
官のやうに

圓生になりたかつたが圓楽は圓楽のまま笑ひ
て逝きぬ

信号の変はる瞬間踏み出せるこの足われのものか疑ふ

パン屑を鳥にやりたくない朝もあるのだ難民船難破して

マスクのひもが眼鏡のつるに絡みつく笑顔見
せねばならぬ人の前

逆走の人

わくわくと雑誌「小学一年生」新年号を買ふ
ぞわがため

外階段上り下りして遊ぶ子ら焼死体運び出されしところ

望郷のごとくにいまも「アッサム地方」少年王者の走るこの胸

スコッチのオールドパーを懐かしむ
百五十二歳（ひゃくごじふに）のトーマス・パーよ

勝ち戦から十年の勝ち戦明治にありて祖父母
貧しく

三車線、二車線さへもなき頃の暴走族か逆走のひと

逆走に入りたるときの老い人の無念無想の境地を想へ

文房具

誤字の上に修正液を垂らせども上澄み液にあ
れば隠れず

鋏にはいつも苦しむ短くてコブラの首のやうな親指

シャープペンの鋭さ細さ悪意込め期末考査の問題作りき

図書館の資料コピーが届きたり締め木のごときパワークリップ

トライアングルクリップ品位保ちつつ五十枚ほど綴ぢても静か

元々は和菓子売る店古本屋とらやは店を開けず本売る

爪を研ぐ猫の背中のよくしなり腰の粘りもわれを酔はしむ

母校の百年史の編集をした。

文学に親しむなかれほつそりと高校生立像影のなき時代(よ)ぞ

高校の百年史編めばしみじみと軍隊予備校だつた旧中

前列の配属将校切り取られ空白が立つ全校写
真

赤いベスト

看護師に任せず患者声に呼び椅子をすすむる
老医師薄目

この医師に命預けてよいものか迷ひのこもる
春立つけふは

聞き返し耳寄せゆけば身をそらしひるむ素振
りをしたりせんせい

赤いベストの老医師けふはわが胸に聴診器当て眠るがごとし

昭和三十九年頃の茶房なら煙草の煙嗅ぎ分けられた

スーパーの棚の上なる映像に姿現す老人はわれか

春は去りキャベツは残る海風に黄色い花を開きて残る

歩きゆく人が最も迅速な旅行者なりといふは
箴言か

気動車の下へ流るる枕木が一人ひとりの人間
ならば

Ⅲ　鳥の声

鳥の声

中空をひるがへりたるアマツバメ糸引きて飛ぶ蜘蛛捕らへたか

軽々と春の気流に乗る雲が争ふ鳥をしばらく
隠す

落葉松の芽吹きの枝へ声を引き飛ぶヤマガラ
に続く鳥なし

コレクションといふ薄暗き共同墓地鳴く鳥鳴かぬ鳥も目を剝く

突風にハトがよろめく朝の道レターパックを抱へ直して

パン屑を咥へる鳥は枝に飛ぶ海を越えたる黒
き翼に

水鳥を見ながら橋を渡る人をらねば町も忙し
く暮れぬ

掛目橋あたり時雨れてオホバンの流れて行く
か飯名橋まで

喉も裂けよと雌呼ぶ鳥の声聞けば人の恋文こ
そ苦しけれ

顔力

トヨタなる豊田章一郎逝けり窪田章一郎すでに亡く

顔力のやや衰ふる篠弘長く激しき壮年期ありき

田舎者は嫌ひダンディ篠弘指輪に秘めたニトログリセリン

空穂の一首調べよと病室よりの声午前三時の
電話に低く

処女歌集上梓のときに夕暮れの神保町に祝ひ
くれし篠（しの）弘

森川（もりかは）平八と川口（かはぐち）常孝のゐる「槻の木」を送り
くれたり来嶋靖生は

空穂会を長く支へたる来嶋（きじま）靖生空穂の気概伝
へむとして

いくさ世を病みたれどなほ温顔の橋本喜典たつぷりと立つ

東京駅を車椅子にて行く歌人喜典(きてん)はなほもうつむかず行く

キングサリ

枯れきりし百日草の首を採り種子吹き残すその息冷ゆる

晩夏から初秋へ至るころに咲く花を好みし園丁ヘッセ

蜘蛛の動き花散るかすかなる動き心の沈むままに見る午後

アイスクリームの器に花の種子を入れ書架に
置きたり明かり消す前

米を研ぎ冷えたる手をば拭ひたるキッチンタ
オルはかなきものを

行旅死亡人を祀る社の石段を這つて登つたこどものころは

キングサリが花房垂らし立つてゐた祖父母の庭に寡婦の母立つ

川へ靡きひともと咲ける花大根に触れてわたしは家に戻らむ

若き雄

三月の柳の青くなる前にタゲリは鳴けり群れを離れて

ノガンらのけんかの名残り数枚の羽拾ひたる
子どもら走る

濡れながら古米ついばむ雀らの飛び退く前の
目配せも見つ

月に一度登るこの山芽吹きたる北側冷えて禁
猟区なり

鳥たちの昼寝のときの静寂を楽しまむ雨後の
楢山に来て

姫沙羅の幹に寄せたる白き椅子畑仕事ののちの身を置く

若き雄は去年の夏の巣に聞きし父親の声いまは思はむ

野菜育つ周りに花の苗植ゑむ花は微毒のマリーゴールド

薔薇の咲くあたりに秋はとどまりて老人の顔しばらく焼くも

わたしより楡は賢くかつ強し枝に来る鳥もはや鳴かねど

貧窮の代に植ゑられし栴檀のここに肥えゆく鳥呼びながら

ユリノキの落葉を浴びて老い深むいのちを春
につながむ思ひ

ツツドリ

ぢり貧の暮らしの中に食べ残すものあれば出す静かな鳥に

巣作りをせぬツツドリが西台ゆ東台へと移るのを見よ

湖の万羽のカモの静けさや連帯感に束縛されて

空高く速度弛むる一瞬に交尾す黒く鎌なすツバメ

辛夷の巣の卵をまさに呑む蛇の尾は垂れギギギとコゲラ鳴き鳴く

ハイタカが恐ろしいのはその翼引き締むるとき小鳥らは知る

早朝の鳥たちの歌採譜せしオリヴィエ・メシアン　その曲を聴く

「鳥のカタログ」

ナイチンゲールまづ鳴きウグヒス、ウタツグミ続く「鳥たちの目覚め」聴く朝

オリヴィエ・メシアン「鳥たちの目覚め」

七月になれば野鳥の声ひとつひとつ消えゆきわれは汗ばむ

換羽期

美しき季節過ぎゆき換羽期のオホワシの羽水
辺に拾ふ

山岳へ連なる野辺に本当の歌手ゐてヒバリ、
アトリは鳴けり

余分なる芽生え無用の出生を許さぬ自然の中
に鳴く鳥

チヤウゲンバウとカラスは休戦したくなり芽吹きの森に沈みてゆきぬ

争へど音をば生まぬその翼トビとカラスが浮く森の空

水を飲む欲求満たしたるのちに激しく水を浴
ぶるヒヨドリ

幾たびもバードバスにて水浴ぶる雌守らむと
立つキジバトか

湖と海に接するこの町の鳥類誌記す妻亡きのちを

生まれ在所をつひに出でざる生涯の果てか野鳥の声にはなやぐ

自宅案内

魚嫌ひ肉は少々夏野菜の料理投げやり死ぬに
至らず

冷蔵庫に皺を深むる長茄子をあはれとは見て
なほ食はぬなり

鯖缶の水煮か味噌煮選りがたくスーパー奥の
死角に立てり

食料を提げたる心重からずヒバリの声の急流
浴びて

髪うすく床屋に来るは町内のうはさ聞くため
うはさは旨し

クリーニング屋であつたところを左折して床屋をば右終の棲家は

信号に頼るだけでは危険ですわが家の先の坂の三叉路

自宅案内するに便利な魚屋も閉ぢたれどなほ
看板残る

この空き地いつまで空地草刈機振れども振れ
ども雑念去らず

乳様突起

耳のうしろの乳様突起を刺しにくる秋の初めの賢いやぶ蚊

江戸の世の童謡「かごめかごめ」とはカモメ
にあらず屈めの謂か

聞き耳を立つるならねど椅子ひとつ隔つる人
の鼻唄甘し

煙草一服するやうに点すす目薬の痩せたる頬を
迷はず下る

闘ひに疲れたる蟻寄り合へばクマゲラが来て
食ひ尽くしたり

赤蟻と黒蟻の種族闘争に傭兵をらずといふ説を聞く

ヒヨドリの高音にふさふ仏教語探れど妙法蓮華経になし

茨城空港は自衛隊百里基地に隣接して設置された。

下駄ばき空港と呼ばれて親し退屈な老人はカ
フェにミルクティー飲む

タラップが機体に近づきどつかんとぶつかる
音か空港に月

戦闘機はくちばし持てり次々と左回転するとき尖る

着陸の戦闘機をば助けむとパラシュート三十秒ほどを働く

爆音に狂ひ飛び立つ戦闘機西に向かへばカラスとなりぬ

父の忌日も八月なれどひつそりと三十一日に退きてあり

団栗

二百字の原稿用紙に機械文字打ちゆく指は書
きたくなりぬ

新米の袋玄関に置かれをり塩結びにてまづ食へとある

胡桃味噌さらに蕗味噌いただけばうれしうれしとキウイにも塗る

年末に思ふもかなし誤りて山百合の若き茎伐りしこと

コーヒーに注ぐミルクを零したる午後の気分にこだはるなかれ

団栗を食らひ生きたる人らゐてそののちいまに団栗食はず

枯れゴーヤの蔓を丸めむしばらくは師走の風に吹かれて遊べ

親指・小指

ことしも雪を被らなかつた黄櫨（はぜ）の木に猫が上つたまま下りられず

玄関にコスモスの花活けたれどモップ交換の
女(ひと)は気づかず

「きょうの料理」「きょうの健康」購ひぬと
きには意欲湧くこともある

桂木のふりこぼす陽のきらめきの記憶は残り
その木朽ちたり

からすうりの熟れたるのちの衰耗はそのまま
蔓に吊らるるばかり

カーチェイスののちのベンツの炎上や人より
もなほ車は役者

秋からは金色クリップ使はむか老いて書く論
輝くか、否

定まらぬ五音七音そのたびに押さへ込まるる
親指苦し

小指から折りたたたむとき親指はわづかうなづ
くのみなり虚ろ

草の穂についと止まれるイトトンボ羽の力をさらに緩めつ

落羽松(らくうしょう)の青き実をとり池に投ぐその間にも手に残る青き香

同い年

生の最も価値のない老境に至って生活の最高の時期に稼いだ金を浪費する…。

ヘンリー・D・ソロー「経済」(『森の生活』)

みづからを囚はれ人とする思ひ白樫垣に家を囲めば

薬草を育てるやうに貧困を育てよとヘンリ
ー・ソローは言へり

ポール・アンカ、ポール・サイモン、ボブ・
ディランただ同い年と言ふだけは言ふ

岩下志麻、倍賞千恵子、三田佳子同年にして
好き嫌ひなし

アブドーラ・ザ・ブッチャーも同い年傷つき
やすき顔面なりき

紙相撲の力士びつしり菓子箱に詰めたるまま
に息子の五十年

物置に錆びる補助輪付きのチャリ孫を忘れて
孫も忘れて

仏壇に詰め込む位牌それぞれの命日来れば前列に置く

エレベーター出づればわれは振り向かずエレベーターは口を閉ぢたか

ミミズは多産

靴のかかとに黒クリームを塗りつけて人の喪の日の秋晴れとなる

コスモスの立つには耐へずなりたれど花は日に向くわたしにも向く

五百頁の文庫本にはしをり紐なければ地なる小口すがしき

老いゆける不安湧くとき生くる意味もまた思はれむ不安は杖か

不安とは現実に杖突き立つるごとくに強き思ひとも知る

雌雄同体、いたく交尾を好むゆゑミミズは多
産食ひて糞して

「目見えず」より転じてミミズ畑土を起こせ
ば声をあげず驚く

『セルボーン博物誌』三十五信にてミミズ讃ふるギルバト・ホワイト

——一七七七年五月二十日

熊が立つ

機関車の筋肉が凍てついた朝手袋を脱ぎ車輪
に触れた

機関車の音が病む身の脇腹を這ひくるやうな
月夜であつた

鉄の馬蒸気機関車は駅舎より高く停まりき夏
雲の下

魔女照らし、悪霊払ひと信じられ中世の神で
ありし蠟燭

足ることを知る者は富むといふことを考へな
がら疑ひながら

高く飛ぶ渡りの鳥らいくつもの湖沼の甘き光
を捨てて

秋の庭にわたしと共にゐる時間(とき)を喜ぶ鳥の一
羽かアトリ

紅葉の山より下りてくる熊の爪に裂かるる人の背の肉

人間を襲ふ人間、そして熊ナイフのやうな十本の爪

神か熊かと噂膨らむＯＳＯ18撃たれて痩せた
肉は売らるる

東京にＯＳＯ18の肉を食ふ人らの顎の細く尖
るも

猿が跳ぶ猪走る熊が立つ人はぢりぢり退きゆかむ

夜鳴き狐

一日として死を思はざることなくてけふ食べたもの日記に残す

後悔の溜息ならむ夕鳥が楝の枝に北向きに鳴く

森の奥を風が通るか細々と夜鳴き狐の二声三声

木を倒すふたりのひとの身のこなし木よりも
ずつと若い老いびと

遅刻した者は吊るしておけと言ふ現場監督の
声立つ森や

横向きにからだを丸め憩ふべし鉢巻をとれ春の山びと

一二滴の蜜に満足する蝶か幼虫のかの食欲捨てて

バードバスの水は澄みたりをとひのかみなり雲の水を飲むハト

水溜まりに溺れむとして這ひ出づる虫あり命引き上ぐるさま

座礁した船のやうだと思はれむ八十年も生きて笑へば

新しき女性

石坂洋次郎（やうじらう）の描ける強き女たち隣り二軒にひ
とりづつ住む

洋次郎の好色民話の底力わが町内に残る楽しさ

始原的生を描ける洋次郎の「津軽風流譚」読みに読む

洋次郎を民俗学へ導きし柳田国男、折口信夫
慶應の師よ

新しき女性と見せて洋次郎は日本古来の女描
きぬ

母系制の神話と思ひ懐かしむ「石中先生行状記」いま

東北の家付き娘の底力書きて朗らに洋次郎ありき

橋の音

年金の出る日ポストに犬を繋ぎ局に入る人ケンさんならむ

切手買ふ窓口に蜂蜜(ハニー)のビンも買ひこのなりゆきを思ひつつ帰る

田の中に枝をばうたれ並び立つ榛の木の鳥鳴け風のごと

隣人と程よき距離に住むわれか五月の闇にフ
クロフ鳴けば

旧交を温めうるやこの食事マガモの骨をあら
はにしつつ

隣町に立ち入る時のときめきのよみがへりつつ木の橋の音

アスベスト混じらぬスレート瓦にて鳥が蹴りても割るると聞けり

通帳を見せ合ふほどの親しさに隣の猫が庭を過りぬ

切手貼るに値する手紙受け取つたことのあらずと言ふ人あはれ

三本の楓が共に葉を落とし語りつくししごとくに静か

湖の対岸に夜を燃ゆる火の火守は犬かシマフクロフか

セキレイの尾

夜に死に朝に生まるるくりかへし霊鳥ベンヌ
夢見ざる鳥

秋空を半分覆ふほどの雲巨鳥(とり)の翼と見れば身震ふ

太陽の中にカラスの住む奇譚孫に語れば孫は眠らず

ワタリガラスに変身をして逃げのびし神のをりたり人はうらやむ

鳥が罠にかかるごとくに人は死に路傍に春の花は置かるる

人間の食べてはならぬ鳥ありきカラス、ミミ
ヅク、ハヤブサ、カモメ

海の精と伝はる鳥のセイレーンその歌声に難
破せし船

翼もて飛ぶ太陽を見たる人ありとし聞くは薄き老い耳

庭に来るセキレイ今も尾を振れりイザナギ、イザナミの見たるその尾を

あとがき

本歌集は、私の第六歌集で、令和元（二〇一九）年初めから五年末までの五年間に短歌総合誌、新聞、「まひる野」等に発表した作品四八九首をほぼ制作順に収めた。

この間、新型コロナウイルスの感染が世界規模で拡大し、大きな混乱と悲劇をもたらした。温暖化を超えて「沸騰化」したという地球環境の変化もあり、自然災害が多発した。また、世界に戦争・紛争が起こり、軍拡が進む緊張は、民主主義の機能の衰えを、さらに人類・生物の終焉さえも感じさせ、私たちの不安は極度に高まっていると言える。

ソーシャル・ディスタンスの時期であったけれど、高齢の一人暮らしの私は親しい友人、町内の人々、歌友、親戚の人たち、子らの心配りに助けられた。

このような人間関係の他に、私には幸いにも心を慰めるものがある。狭い野菜畑と野鳥の存在である。春には畑に菜の花を咲かせ、そのあと夏野菜の種子を蒔き、芽が出て実がなるまでの長い時間は私の心を明るくしてくれた。

春はもちろん夏も秋も冬にもそれぞれの鳥の姿と声がある。庭木は落葉樹のような軽い感じのものだけを残した。それで鳥の様子がよくわかる。雀の家族らしい群れが来て、親雀が古米を子雀に口移ししている様子などは格別うれしい光景だ。

私はよく散歩をするが、町の中を流れる川に沿って北上し、帰りは里山に沿って帰宅する。つまり水鳥と山鳥、そして空の鳥にも会うことができるのだ。それぞれの鳥の姿の美しさ、個性的な鳴き声が心に沁みて、穏やかな時間が私を包む。自然の象徴であると強く思うわけではないが、おのずと鳥へ心が開き、祈りも生まれる。

歌集の中で、鳥たちは飛びまわり、そしてよく鳴く。そこに穏やかな自然と人間の営みへの祈りがこめられていれば幸いである。

なお、今年元日の能登半島地震の惨状にはことばを失った。復興を切に祈りたい。

歌集刊行に際しては、『短歌』編集長北田智広氏、角川文化振興財団の方々、装幀の花山周子氏には大変お世話になった。有難うございました。

令和六年三月三日

中根　誠

著者略歴

中根　誠（なかね まこと）

1941（昭和16）年10月30日茨城県鉾田市生まれ。

元高校教諭。現在まひる野運営・編集委員。

歌集に『あられふり』『小牡鹿の角』『広州』『境界（シユヴエレ）』（日本歌人クラブ賞）『中根誠歌集』『秋のモテット』、歌書に『兵たりき－川口常孝の生涯』（日本歌人クラブ評論賞、日本短歌雑誌連盟雑誌評論賞）『プレス・コードの影　GHQの短歌雑誌検閲の実態』がある。

茨城歌人、茨城県歌人協会、日本歌人クラブ、現代歌人協会、日本文藝家協会各会員、茨城新聞「歌壇」選者。

現住所
〒311-1517　茨城県鉾田市鉾田49-1

歌集　鳥(とり)の声(こえ)

まひる野叢書第413篇

初版発行　2024年5月27日

著　者　中根　誠
発行者　石川一郎
発　行　公益財団法人 角川文化振興財団
〒359-0023　埼玉県所沢市東所沢和田3-31-3
ところざわサクラタウン 角川武蔵野ミュージアム
電話 050-1742-0634
https://www.kadokawa-zaidan.or.jp/
発　売　株式会社 KADOKAWA
〒102-8177　東京都千代田区富士見2-13-3
電話 0570-002-301（ナビダイヤル）
https://www.kadokawa.co.jp/
印刷製本　中央精版印刷株式会社
 ISBN978-4-04-884587-8 C0092